康乃馨奇案

Sherlock Holmes

SHERLOCK HOLMES

大偵探福爾摩斯
康乃馨奇案

母親的生日

「一別10年，不知道媽媽怎樣了……」桑茲躲在街角，抬頭看着一棟樓房的一樓，內心惴惴不安地猜測，「她……會原諒我嗎……？」

桑茲一家五口，除父母外，還有一兄一妹。

兄妹兩人**品學兼優**，是親戚們都羨慕的好孩子。但桑兹卻天生頑劣，自幼已常**打架生事**，15歲時更因偷竊入獄。父親一氣之下把他逐出家門。

出獄後，他**無家可歸**，只好隻身闖蕩江湖。初時，他一心**改邪歸正**，就在一家餐廳的廚房當學徒，打算學好一門手藝後再回家，希望可以得到父母的原諒。可是，其間結織了一些豬朋狗友後**故態復萌**，又幹起鼠竊狗盜

的勾當來。後來,他更被黑幫分子看中,負責混入達官貴人家中當廚工,以便**裏應外合**進行爆竊。

不過,桑茲心中仍掛念着父母,早前父親病逝,他也站在遠處偷偷地出席葬禮,為亡父默默地祈禱。這天,是母親的**六十大壽**,他買了一份禮物,特意回來為她祝壽,也順道與哥哥和妹妹聚一下舊,修補一下多年**不相往來**的關係。

「可是⋯⋯」但桑茲心中仍有顧忌,「媽媽會原諒我嗎?倘若哥哥和妹妹問我從事甚麼工作時,我該如何回答?萬一⋯⋯媽媽不原諒我,我豈

不是破壞了她這個大喜日子……？」

他想到這裏，有點喪氣地搖搖頭準備轉身離開。然而，就在這時，樓房的大門「嘰」的一聲被推開了，一個老婦人走了出來。

桑茲定睛看去，心頭不禁一顫：「啊……是媽媽……」

那個老婦人弓着腰，手上拉着繩子，顫巍巍地拖着一隻小狗，看來正要外出散步去。桑茲見狀，馬上往前追去。可是，他只追了幾

步，又停了下來。

「算了，媽媽不會原諒我的，她看到我這個模樣，只會更傷心。可是，這⋯⋯這東西怎辦？帶回去嗎？」桑茲看了看手上的禮物，轉念一想，「不，偷偷地送到她家中吧。只要不寫是誰送的，不就可以為她帶來一個驚喜，又不怕傷了她的心嗎？」想到這裏，他不禁摸了摸口袋裏的萬用鑰匙。

不一刻，他已潛進了母親家門。家中的佈置

與他10年前離開時幾乎沒有兩樣，惟一不同的是，矮櫃上多了一幅父親的**遺照**。不，還有椅子！他注意到，飯桌旁的椅子不同了，由本來的 **5把** 變成 **4把** 。他坐的那一把，已消失得**無影無蹤**。

「看來……」桑茲深深地歎了一口氣，「媽媽仍未原諒我。」

太傷心了，他本想轉身就走，可是心中又想：「不知道何時才會再來，反正有空，不如到處看看吧。」

想着，他就走進了**爸媽的睡房**，看到床

上仍有兩個枕頭，知道媽媽仍未放下爸爸的離去。他**情不自禁**地彎下腰來摸了摸床鋪，彷彿想感受一下母親留下的

餘溫。接着，他又走進了哥哥和妹妹的房間。兩間房都堆滿了雜物，看來，

自兄妹結婚後，他們的房間已變成雜物房了。

「不用說，我的房間也一定**面目全非**吧？」他走到熟悉的門前，輕輕地推開了自己的房門。可是，當眼前的景象闖入眼簾時，他整個人也**呆**住了。

恍如時間停頓了似的，房內的擺設竟與他10年前離開時一

模一樣！而且 **窗明几淨**、**一塵不染**，可知每天都有人來用心地打掃。

「啊……」桑茲禁不住 **熱淚盈眶**，「媽媽……媽媽她沒有忘記我……她仍等着我回來……」

桑茲激動地坐了下來，不由自主地抱頭痛哭。過了好一會，當他感到 **口乾舌燥** 時，才發現自己已哭了半個小時。他抖擻了一下精神，擦乾眼淚走到廚房，倒了杯開水正想喝時，卻不知怎的，感到廚房有點異樣。

「怎會這樣的？ **食材呢？** 怎麼沒有食材

的？今天不是媽媽六十大壽嗎？**哥哥**和**妹妹**兩家人，一定會來為她祝壽的呀！」桑茲感到奇怪。他連忙在廚房到處翻了一下，發現只有幾棵菜、半斤牛肉和幾個雞蛋，怎樣看也只夠一兩個人吃。

大為訝異之下，他再走到客廳和飯廳找了找，也是沒有食材。當他**百思不得其解**之際，眼尾卻瞥見父親的遺照旁邊放着兩封電報。

他一把抓起電報來看。

一封寫着：「媽媽：家有事，甚忙，明天來不了。祝您生日快樂！琳達字。」

另一封寫着：「媽：工作多，明缺席。

生日快樂！彼得字。」

　　「琳達……彼得……」桑茲憤怒地把電報揉

成一團，「今天媽媽六十大壽，身為子女，

多忙也要來呀！

太過分了！」

押解  犯人

一年後。

「來，喝一杯，慶祝我們獲得一件好差事吧。」坐在火車 **頭等卡** 內的福爾摩斯說着，先為華生倒了一杯紅酒，然後又為自己倒了一杯。

「這麼快就慶祝？」華生有點擔心地說，「**基茨夫人**委託我們找回失竊的珠寶，現在只是抓到了犯人**傑瑞米・桑茲**，卻連珠寶的影子也沒看到，你是否高興得太早了？」

「嘿嘿嘿，怎會太早。」福爾摩斯呷了一口紅酒笑道，「基茨夫人說過，抓到犯人付一半酬金，尋回珠寶再付一半。即是說，就算找不到珠寶，一半酬金已是**囊中物**，當然應該慶祝一下啦。」

「哎呀，你太不負責任了。」華生不滿地說，「那些珠寶據說值**19000鎊**，找不到的話，基茨夫人一定會很傷心啊！」

「不會啦。你沒看到嗎？她在花園一邊觀賞着燦爛的 **康乃馨**，一邊向我們說出失竊的經過，就像丟失了一塊手帕似的，一點也不放在心上呢。」福爾摩斯又呷了一口紅酒，**自信滿滿**地說，「況且，犯人桑茲已在我們手中，只要把他押送到 **拉科特鎮**，總有辦法叫他供出藏寶地點的。」

「可是李大猩又打又罵，他還是不肯說呀。」

「哎呀，你怎麼擔心這擔心那的，太囉嗦了。來，先乾一杯吧。」福爾摩斯示意華生拿起酒杯，並繼續道，

「你也知道呀，那傢伙混進基茨夫人家中當**廚師**，趁夫人開**生日派對**時偷了珠寶，卻扔下同黨逃到**拉科特鎮**躲藏了幾天。所以，他把珠寶藏在拉科特鎮的可能性最大。來來來！快把酒乾了！」

在福爾摩斯催促下，華生只好拿起酒杯，勉強地呷了一小口，但又皺起眉頭說：「你喝得這麼開心，不覺得有點**過分**嗎？」

 「過分？為甚麼？」

「李大猩和狐格森呀。」

 「他們怎麼了？」

「對不起他們呀。」

 「為甚麼？」

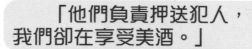
「他們負責押送犯人，我們卻在享受美酒。」

「誰叫他們當差，那是他們的職責啊。」

「可是……」

「又怎麼了？」

「他們坐的是貨卡，我們坐的卻是頭等卡。」

「我們的車票是基茨夫人付錢，他們用的是公帑，怎可**相提並論**。」福爾摩斯**幸災樂禍**地一笑，「而且，這次押送還要提防犯人的同黨中途搶犯，他們坐貨卡的話就不會*泄露風聲*，被人看到了。」

「可是，他們的貨卡卻是運……」華生說到這裏，只是歎了口氣，再也說不下去了。

「你們這羣**臭豬**，不准亂叫呀！」李大猩站在被木欄柵圍着的一角內，向四周呼嚕呼嚕地叫着的豬羣**破口大罵**。

「嘿嘿嘿，豬又怎聽得懂人話，罵牠們只會**白費氣力**啊。」被銬着手銬的桑兹坐在木板凳上，冷冷地嘲笑。

「該死的小偷！輪到你說話嗎？」坐在他身旁的狐格森**手起刀落**，「啪」的一聲，用力地扇了桑茲一巴掌。

「**哇！**好痛！虐待犯人呀！警察犯法呀！」桑茲高聲叫喊。

「你不是說豬聽不懂人話嗎？叫甚麼？」李大猩轉過頭來罵道，「害我們坐貨卡，而且還是臭氣熏天的**『豬卡』**，還敢亂叫亂嚷！去死吧！」說罷，他已亂拳如雨下，狠狠地揍了桑茲一頓。

「嗚⋯⋯嗚⋯⋯嗚⋯⋯」桑茲被揍得

縮在一角呻吟，已不敢作聲了。

「豈有此理！」李大猩一屁股坐下來就罵道，「局長竟然要我們坐『豬卡』！實在太過分啦！」

「是啊！」狐格森邊用手指捏着鼻子，邊抱怨道，「雖然説要保密，但也不用坐『豬卡』吧？想臭死我們嗎？」

「最可恨的是，福爾摩斯和華生卻可以坐頭等卡！」李大猩悻悻然地説，「説不定，他們現在還在喝紅酒呢！太可惡了！」

「對！一定是一邊喝紅酒，一邊説我們壞話，取笑我們要與豬為伍！」狐格森也憤憤不平地説。

「**來來來！**乾杯！」福爾摩斯把杯中的紅酒**一飲而盡**，然後吃吃笑地向華生說，「嘿嘿嘿，經過這次旅程之後，說不定李大猩和狐格森一看到豬就想嘔，以後都不敢再吃豬肉呢。」

「哎呀，你不同情他們也罷，總不該**落井下石**，在背後取笑他們呀！」華生沒好氣地說。

「同情他們？」福爾摩斯斜眼瞅了華生一眼，「他們兩個平時**作威作福**，又常在我們面前擺架子，這次**坐困豬城**是現眼報，是活該！難得有這麼好的機會，當然要在背後取笑他們了。」

華生知道再說也沒用，就轉換話題問道：

「對了，説起來，蘇格蘭場的局長擔心桑兹的同黨搶犯，是否有點兒**杞人憂天**呢？」

「為何這樣説？」

「不是嗎？桑兹又沒有説出**珠寶**在哪裏，更沒有供出其他**黨羽**，他的同黨沒有必要冒險搶犯呀。」

「嘿嘿嘿，你想得太簡單了。」福爾摩斯神秘地一笑，「局長怕桑兹的同黨會來**搶犯**，正正是因為桑兹沒有説出珠寶在哪裏呀。如果他已供出珠寶所在，他的同黨反而不會來搶犯呢。」

華生**不明所以**地搔搔頭，問：「為甚麼？」

「哎呀，怎麼你跟李大猩他們一樣

笨啊。」福爾摩斯沒好氣地説，「當賊的都是為

了**錢**，有錢的話拼了**命**也來搶，沒錢的話就抬

轎也請不動。要是桑茲供出了珠寶所在，

就等於珠寶已**完璧歸趙**，他的同黨還會冒險

搶他嗎？沒錢的買賣誰會來幹啊！」

「原來如此！」華生恍然大悟。

他想了想，又擔心地問：「這麼説的話，這

列火車豈不是很**危險**？」

「這個倒不必太擔心。」福爾摩斯呷了一口酒，狡點地一笑，「嘿嘿嘿，李大猩他們的局長安排得實在太巧妙了。試問，有誰會想到蘇格蘭場會用**運豬的貨卡**來押送犯人呢？」

「說的也是，這招**苦肉計**確實難以識破。」華生說到這裏時，車速逐漸慢了下來，看似快要在下一個站停車了。

「**唔？**看來下一個站會停車呢。」福爾摩斯說，「待會下車看看站內有沒有小賣部，有的話，買些零食下酒也不錯呢。」

不一刻，火車已完全停了下來。然而，就在這時，火車的後方突然傳來「*呼嚕——呼嚕*——」的豬叫聲，福爾摩斯感到詫異，連忙探頭往車後看去。

「**啊！**」福爾摩斯不禁驚呼。

攔途搶犯

　　華生見狀，也慌忙把頭伸出窗外觀看，只見幾十頭**驚慌失措**的肥豬**你推我擠**似的從貨卡跳下，走到月台上**亂竄亂撞**。

　　「怎會這樣的？難道貨卡的門關不牢，讓肥豬逃了出來？」華生訝異地問。

「糟糕！這個站是不停車的！」福爾摩斯猛地醒悟，「『豬卡』！犯人和李大猩他們坐的是『豬卡』！」

就在這時，兩個蒙面壯漢夾着一個矮個子從「豬卡」一躍而下，接着，他們已一溜煙似的往車站外奔去。

「那矮個子是桑茲！有人搶犯！」福爾摩斯叫聲未落，已迅即往車卡後方的門口衝去。華生見狀，也連忙跟上。

兩人一先一後衝到月台上，他們避開那些亂竄的肥豬追到車站外時，一輛接應的馬車

已經<u>絕塵而去</u>了。

「太可惡了！**光天化日之下**竟在我的眼皮下搶犯！」福爾摩斯高聲怒罵，但已**於事無補**了。

「李大猩和狐格森！」華生驚叫一聲，立即轉身往回跑。

「**糟糕！**他們一定遇襲了！」福爾摩斯也猛地回身一蹬，跟着華生向「**豬卡**」跑去。

當兩人攀上「豬卡」時，只見李大猩和狐格森已**東歪西倒**地躺在沾滿了豬糞的稻草上，看來早已被人打暈了。

「喂！醒醒！」華生連忙蹲下拍打兩人的面頰。不一刻，兩人很快就醒過來了。

「**嗚**……」李大猩摸着紅紅腫腫的下巴呻吟。

「**好痛啊！**」狐格森則按着肚子叫痛。

「搶犯！有人把桑茲搶走了啊！」福爾摩斯大聲問道，「怎會這樣的？」

「我也不知道啊。」狐格森苦着臉說，「剛才火車減速時，李大猩說可以在停站時透透

氣，就叫我準備下車，怎知有兩個**蒙面人**突然跳進車卡……哎喲……肚子好痛……」

「怎麼了？説下去呀！」福爾摩斯追問。

「好痛……李大猩，你説吧。」

「嗚……」李大猩仍摸着下巴，「那蒙面的**大個子**好狠，我仍未反應過來，他已一拳打至，把我打得**眼冒金星*……嗚……痛死我了……」

「我還未清楚發生甚麼事，肚子已被踹了一腳，馬上昏過去了。」狐格森説罷，又「**哎喲、哎喲**」的叫痛了。

「看來只是**皮肉之傷**，應該沒有大礙。」
華生安慰了兩人一下，轉過頭去向福爾摩斯問
道，「桑茲被他的同黨搶走了，現在該怎辦？」

「還用問嗎？」福爾摩斯説，「當然是趕緊
追蹤他們的去向，儘快把他們抓回來啦，否則
我的酬金就泡湯了。」

「**豈有此理！**」李大猩用力地扭動了一
下脖子，突然霍地站了起來，「**此仇不報非
君子！** 我一定要抓到那個蒙面大個子，狠狠地
回敬他一拳！」

「**對！**」
狐格森也忘記
痛楚，霍地
站起來叫
道，「我也

要**還以顏色**，狠狠地踹那小個子一腳！」

「很好！」福爾摩斯說，「這輛火車原定不停此站的，我們馬上到站內看看是否出了甚麼事故吧。」

「**好！**」李大猩和狐格森齊聲應和。

果然不出福爾摩斯所料，售票處的**職員**和站頭的**信號員**都被綁起來了，據他們說，都是那兩個蒙面漢幹的好事。可惜的是，他們由於太過驚恐，並沒有提供甚麼有用的線索。更糟糕的是，蒙面漢還把**電報機**打爛了，連發電報通知沿途小鎮追截的機會也沒有了。

不過，與運豬卡相鄰的三等卡有一位叫**麗**

絲的女士，她不但說出了有用的**證言**，還提出很好的建議。

「我看到運豬卡上有三個人衝下車，當中兩個是蒙面的，其中一個人的皮鞋上有**三點污跡**。

啊，你問是哪一個嗎？是那個大個子。那三點是甚麼污跡？我也不知道啊，看來是**豬糞**之類的東西吧。呀！對了，那三點污跡呈**三角形**，就在那人**右腳的鞋頭**上。甚麼？電報機壞了嗎？用電話也可以吧？鎮上的戈特先生可以幫忙。他很有錢，我曾是他的家傭，知道他家裏裝了一台**電話**，據說用它可以與很遠的

地方通話。」

「**太好了！**」福爾摩斯大喜，向麗絲女士問過地址後，馬上就與孖寶幹探和華生趕到戈特先生家。戈特先生也爽快，沒多問就借出了電話。

「**事不宜遲**，我立即通知附近小鎮的所有警局，叫他們在主要幹道**追截**！」李大猩抓起電話就說。

「不。」福爾摩斯卻說，「我們**擾擾攘攘**已過了差不多一個小時，他們也可能走小路，在中途成功攔截的機會**微乎其微**。」

「那怎

辦？難得借到電話，難道不用嗎？」李大猩焦急地問。

「當然用，但不是沿途堵截。」福爾摩斯一頓，眼底閃過一下寒光，「那兩個蒙面人冒險搶犯，只是為了奪回珠寶，他們只會去**一個地方**，通知那個地方的警察就行了。」

「啊！**拉科特鎮**，桑茲把珠寶藏在拉科特鎮，我們通知拉科特鎮的警方就行了！」狐格森搶道。

「可是，拉科特鎮是個大鎮，馬路上必然**車水馬龍**，當地警方又如何識別蒙面人的**馬車**呢？」華生擔憂地問。

「華生，你又只是**看**，沒有**觀察**嗎？」福

爾摩斯怪責道，「你和我一起親眼看着那輛賊車一絕塵而去的呀。」

「啊？」華生有點難為情地問，「難道……難道你看到了 車牌 ？」

「當然啦，車牌是8331。而且，賊車的輪子很特別，輪的圓邊 黑色 ，但輪中的輻條卻是 白色 的，一眼就能分辨出來。」

「好眼力！」李大猩大讚一聲，馬上叫接線生接通了 拉科特鎮警局 的電話，在說明車牌、

車輪的顏色和桑茲三人的特徵後，更向著話筒大聲補充，「記住！不要**打草驚蛇**，如果找到他們三個人，**不動聲色**地跟蹤就行了。待我們趕到後，再將他們**一網打盡**！知道嗎？」

狐格森待李大猩放下電話後，立即不客氣地質問：「為何不叫當地警方馬上進行拘捕？萬一被他們逃脫了怎辦？」

「你犯傻嗎？」李大猩兩眼圓瞪，「我們被搶犯啊，不親自把他們抓回來**戴罪立功**，一定會被調去那個地方**曬太陽**呀！」

「這！」狐格森想反駁，但馬上止住了。

華生心中暗笑，不用説，李大猩口中的那個地方，肯定就是白金漢宮的門口。

四人謝過戈特先生後，就馬上叫了輛馬車，直往拉科特鎮追去。

馬車上，福爾摩斯看到狐格森一面不服氣的樣子，就打圓場説：「蒙面人夠膽在光天化日之下搶犯，行事必定心狠手辣。他們可能會把桑兹打得死去活來，逼他説出藏寶地點。所以，只要不動聲色地

進行跟蹤，説不定會帶我們去找回贓物呢。」

「哼，這麼容易就好了。」狐格森仍不忿地説，「要是他們**捷足先登**，把珠寶搶走呢？那豈不是**人財兩失**？」

「你少擔心！桑兹那傢伙雖然**鬼鬼祟祟**的像個膽小鬼，其實也是一條漢子。」李大猩語帶怒氣地反駁，「你沒看到嗎？我狠狠地**揍**了他好幾回，他也不肯吐出半句真話，又怎會那麼輕易説出藏寶地點！」

「這麼説的話，跟蹤他們豈不是白費氣力，一點用處也沒有？」華生問。

李大猩鼻子裏「**哼**」了一聲，説：「這倒也不一定，桑兹也有他的**弱點**。」

「弱點？」福爾摩斯感到

意外，「難道你們掌握了一些我和華生不知道的線索？」

「這個當然！你以為蘇格蘭場是吃素的嗎？本來不想說的，事到如今，告訴你們也無妨。」李大猩說，「桑茲在拉科特鎮出生，10多歲時因犯事被逐出家門，才被逼離鄉別井

到倫敦去謀生活。他最初在餐廳廚房中當學徒，由於天生聰敏，很快就當上了廚師。他後來轉了幾次工，都是到有錢人家中打工，摸清

情況後就進行**盜竊**。這次混進基茨夫人家中當廚師，也是同一手法。看來，他已加入盜竊集團，在同黨的協助下物色**富有人家**，然後以廚師身份犯案。」

「所以，你們懷疑他**私吞賊贓**後，為了躲避同黨和警方的追捕，就把贓物帶回故鄉收藏起來了？」福爾摩斯問。

「還用問嗎？一個人**走投無路**，就會往自己最熟悉的地方逃跑。」李大猩理所當然地說。

華生想了想，提出質疑：「就算拉科特鎮是他的故鄉，但他已**離鄉多年**，也不一定會把賊贓藏在那兒吧？」

「問得好！」狐格森說，「其實故鄉不是重點，重點是那兒有他的親人。」

「親人？誰？」華生問。

「他的媽媽。」

「啊！桑茲的弱點，難道就是他的媽媽？」福爾摩斯問。

「沒錯！」李大猩說，「我們把他押去拉科特鎮，就是要他**在媽媽面前**說出藏寶地點。」

「原來如此⋯⋯在自己的媽媽面前，就算是**十惡不赦**的大壞蛋，也可能會軟化下來吧。」華生說。

福爾摩斯看了看李大猩，又看了看狐格森，以懷疑的口吻問道：「看樣子，你們害怕蒙面人也懂得抓着桑茲的這個弱點，逼他說出藏寶地點吧？」

「唔⋯⋯這個⋯⋯不好說呢。」李大猩側過臉，含含糊糊地嘟噥。

「這⋯⋯這個嘛⋯⋯誰知道呢？」

狐格森也別過臉去，不敢正面回答。

　　看到兩人的反應，福爾摩斯沒再追問下去，只是點燃**煙斗**，用力地抽了幾口，又深深地**歎**了一口氣。

　　華生也知道，再追問下去也沒用。他只是暗自**祈禱**，希望那兩個蒙面人**手下留情**，不會對桑茲的媽媽怎樣吧。

疑犯重傷

　　三個小時後，全力奔馳的馬車終於到了拉科特鎮的警察局。

　　四人一走進局長室，**胖墩墩**的**局長**立即站起來說：「賊人很狡猾，他們駕駛馬車開進本鎮時，已換了 車牌 。不過，幸好我們認得它

的車輪。」

「啊！這麼説的話，你們已跟上他們了？」
李大猩緊張地問。

「跟上了，不過……」局長搔搔頭，**欲言又止**。

「不過甚麼？」李大猩驚問，「不是跟丟了吧？」

「不……不是跟丟。」

「不是跟丟？」李大猩鬆了一口氣，「那麼，別**吞吞吐吐**的，快帶我們去與你的部下會合，準備隨時拘捕吧！」

「這個嘛……」

「哎呀，這個甚麼，快**帶路**呀！」狐格森也按捺不住，揚聲催促。

「這個……這個……這個……」胖

子局長**喘喘不安**地搓着雙手，最後竟「**啪**」的一掌打在自己的臉上，大聲說，「對不起！桑茲已中槍重傷昏迷！與他同行的兩個同黨**逃脫**了！」

「甚麼？」福爾摩斯**大驚失色**。

「豈有此理！」李大猩大怒，一手抓住胖局長的胸口喝問，「我不是說要等我們來到，才把他們**一網打盡**的嗎？你們怎可擅自行動，開槍把桑茲打傷！」

「**不、不、不！**」胖子局長慌忙拼命地

搖頭，「不是我們，是他的同黨把他押到他母親家，企圖在他母親面前**殺人滅口**。」

「啊……」聞言，李大猩不期然地鬆開了手，「怎會這樣的？他們為何要在他的母親面前**殺人滅口**？」

「是……是這樣的……」胖子局長**支支吾吾**地說，「我們跟蹤目標馬車去到一棟樓房門前停下，看到桑茲被兩個一高一矮的大漢押着上了樓。那個大個子的鞋頭上有**3點呈三角形的污跡**，我們知道沒跟錯人。於是，就按吩咐不動聲色地在樓下**監視**，等待你們的到來……」

說完，局長面帶懼色地看了看李大猩，「唔碌」一聲吞了吞口水，又繼續道：「過了半個小時左右，那大個子獨個兒鬼鬼祟祟地從大門溜出，看樣子是想回到那輛仍停在門口不遠處的馬車去。可是……可是……」

「可是怎麼了？說呀！」李大猩急問。

「可是……剛好有兩個巡警經過，他們看到馬車堵住馬路，就走上去查問。」胖局長擦了擦額頭上的汗說，「那個大個子被嚇了一跳，他以為被警察盯上了，就往那兩個巡警連轟數槍。幸好他的槍法不準，兩個巡警只是被擊退了，並沒有受傷。」

「那麼，大個子怎麼了？」福爾摩斯緊張地問。

「他跳上馬車，大叫一聲『**快開車**』，馬車就全速開走了。」

「你們有沒有追？」狐格森問。

「這個嘛……」胖局長又擦了擦汗，「事出突然，未來得及追。而且，仍在樓房內的**矮個子**和桑茲一定聽到**槍聲**，為防他逃走，我們就立即衝上樓去搜查。可是……據桑茲的媽媽說，那矮個子聽到我們拍門後，馬上朝桑茲開了一槍，然後就急急**跳窗**逃走了。」

「這樣就讓他逃脫了嗎？」李大猩

大罵，「你沒派人在樓下守住嗎？」

「這……這個嘛……」胖局長的額頭已佈滿汗珠，「我當然有派人守住，可是……那輛開走了的馬車突然全速**拐**了回來，在眨眼之間，就接走了那矮個子……」

「甚麼？」李大猩和狐格森不禁同聲驚呼。

「好厲害。」福爾摩斯眼底閃過一下**寒光**，「逃走只是**虛晃一招**，再開回來接人才是一記**反客為主**的殺着。那兩個蒙面人果然訓練有素，早有默契在出事時如何**互相照應**！」

「桑茲在醫院吧？有生命危險嗎？」華生問。

「是的，他已被送到醫院。」胖局長擦了擦汗水，「經醫生搶救後，總算活下來了。但主診醫生說，他仍然昏迷，未度過危險期。」

「他的媽媽呢？」福爾摩斯問。

「在醫院陪着桑茲。」

「我們馬上去醫院吧。」福爾摩斯說，「她是惟一的目擊證人，必須問清楚事發時的細節，或許能問出一些線索。」

在胖局長的帶領下，福爾摩斯等人來到了醫院。

他們走進病房時，看到一個老婦人坐在病床旁邊，憂心忡忡地看着被繃帶包着半邊臉的桑茲。

「老太太，蘇格蘭場的**警探**來了。」胖局長趨前説，「他們有些事情想請教你。」

老太太緩緩地抬起頭來，看了看眾人，接着又低下頭去呆呆地看着兒子，並沒有**搭話**。

眾人不知如何是好，只好站在一旁守候。不一刻，李大猩按捺不住，踏前一步正想發話時，突然，老太太伸出她那顫巍巍的手，摸了摸桑兹的面頰，呢喃似的説：「我……不知道他犯了甚麼事……他……他是個**好孩子**……他雖然**一聲不響**就離家10年，可是，去年……我**60歲生日**的那一天，他回來了。」

説着，老太太又摸了摸桑兹的面頰，憶起了那一天的重逢……

那是一個天色陰暗的黃昏，老太太拉着小白，孤零零地回到 **空無一人** 的家中。

小白看起來像隻小狗，其實已一把年紀，足有14歲了。牠小時候很喜歡吠，但愈老就愈沉靜，這兩年都幾乎不會 **吠**，也不會 **跑** 了。不過，這天牠一踏進門口，不但出奇地吠了兩聲，還 **一股腦兒**

竄進屋內，不知跑到甚麼地方去了。

「發甚麼神經，忽然跑起來了？」老太太 **自言自語** 地說着，輕輕地把門關上。

這時，一股 **香氣** 襲來，叫她不禁往空氣中嗅了嗅。接着，她似有感觸地看了看 **空無一**

物的餐桌，歎了一口氣後呢喃：「唔……好香呢。一定是隔壁在做菜了。」

汪、汪、汪！

小白又吠了幾聲。

「唉，老到發神經了，叫甚麼啊？」老太太搖了搖頭，**顫巍巍**地走進了廁所。

不一會，老太太上完廁所後，回到飯廳時抬頭一看，卻登時呆住了。本來空無一物的餐桌上，竟然放着一個**薯蓉布丁**和兩客**捲心菜煎土豆**！

「怎⋯⋯怎會這樣的？」老太太不敢相信自己的眼睛。

就在這時，小白不知從哪兒跑出來，興奮地在她的腳邊轉來轉去，並開心地汪汪叫。

「**媽**⋯⋯」一個聲音響起。

老太太轉過頭去看，只見一個**熟悉的身影**已站在飯廳中。

「**啊**⋯⋯」老太太驚訝萬分地看着眼前

人，不禁結結巴巴地問，「**小傑**⋯⋯你是小傑嗎？你⋯⋯你怎麼來了？」

「還用問嗎？」桑茲裝作**若無其事**似的，晃了晃手上的兩隻酒杯和一瓶威士忌，調

皮地説，「當然是為你慶祝**六十大壽**啦。」

「啊⋯⋯」老太太張大了嘴巴，完全説不出話來。

桑兹放下手上的酒和酒杯，走過去把母親**一擁入懷**，強忍着激動的眼淚説：「媽媽，10年沒見，你**別來無恙**吧？」

「啊⋯⋯我很好⋯⋯」老太太呆呆地應道，「不過，你⋯⋯你老爸早前已⋯⋯嗚⋯⋯他⋯⋯」

「不用説了，我已知道了。」桑兹安慰道，「來，坐下來吧。」

説着，桑兹拉着母親坐到椅子上，他則坐在

她的對面，喜滋滋地指着桌上的**斑點布丁**和

捲心菜煎土豆說：「沒時間為你弄生日蛋糕，只好到麵包店買了個布丁來代替。這兩客晚餐也是我自己湊合着弄的，你嘗嘗看。」

「不……不……」老太太擦了擦從眼角流下來的淚水，拚命搖着頭說，「你能來就好了……對，能來就好了……吃甚麼也沒所謂啊。不過，沒想到，你還懂得**做菜**呢。」

「嘿，說出來嚇你一跳。其實，我在餐廳的廚房中當過幾年學徒，現在還是個**貨真價實**的**廚師**呢。」

「啊？是嗎？」老太太感到意外，「那麼，

一定要嘗嘗你的了。」説着，她用叉子挑了一塊煎土豆放進嘴中。

「唔……好吃……真的很好吃呢。」老太太滿心歡喜地邊咀嚼着邊説。

「是嗎？那麼多吃一點吧。」桑兹看着滿面皺紋的母親，不知怎的突然**悲從中來**，最後更語帶哽咽地説，「對不起……媽媽……我對不起你和爸爸……我是個不孝子……」

母親的  證詞

「自此……小傑每個月都會探望我一兩次，比他的**哥哥**和**妹妹**還要孝順啊。」老太太以空虛的眼神望着昏迷中的桑茲，**斷斷續續**地道出一年前的往事。

華生悄悄地看了看福爾摩斯、李大猩和狐格森。他知道，他們三人此刻和自己一樣，都深深地被老太太的憶述感動了。

「」李大猩用咳嗽聲打破沉默，罕有的帶點**拘謹**地問，「老太太，你看到令郎被人開槍打傷吧？當時

的情況是怎樣的？可以談談嗎？」

老太太徐徐地側過頭去看了看李大猩，然後又低下頭來**自言自語**地說：「小傑說⋯⋯去年生日吃得太過**寒酸**了，今年一定要親自做一些好菜給我吃。**上個星期四**，就是我61歲生日那天，他買了好

多食材來，有龍蝦、牛排、煎魚、燒雞⋯⋯好多好多⋯⋯真好吃。可惜的是，**彼得**和**琳達**都沒有來，我們兩個人又怎會吃得下啊⋯⋯」

「**上個星期四**？」福爾摩斯赫然一驚，「老太太，你肯定是上個星期四嗎？」

「**啊！**」華生馬上明白老搭檔為何有此一問了。珠寶盜竊案發生那天，不正是**上個星期四**嗎？他看了看李大猩和狐格森，從兩人詫異的神情看來，他們肯定也察覺這一點了。

然而，老太太仍然**答非所問**地呢喃：「上個星期四……我生日那天好開心啊。小傑煮的龍蝦真好吃，比高級餐廳煮的還要好吃呢。他……真是個出色的**廚師**啊。」

福爾摩斯悄悄地遞了個眼色，李大猩三人連忙跟着他走到門外。

「看來，我們最初的推理出了**差錯**。」福爾摩斯低聲說，「桑茲偷走基茨夫人的珠寶後馬上趕來這裏，也許不是為了**收藏賊贓**，而是為了親自為媽媽做一頓豐盛的**生日大餐**。」

「唔……」李大猩想了想，領首道，「有道

理。」

「但桑茲當天趕來這裏也許有兩個目的呀。」狐格森說，「**一、收藏賊贓。二、順便為媽媽做生日大餐。**」

「是的。」福爾摩斯說，「但是，從老太太的憶述看來，桑茲似乎很執着於為媽媽補償去年生日時的失落，而且，從中也可知道他是個很孝順的兒子。」

「那又怎樣？」狐格森問。

「一個孝順的兒子，就算自己**十惡不赦**，必不得已，一定不會讓媽媽受到犯罪的牽連。」福爾摩斯眼底閃過一下凌厲的光芒，「桑茲如果把珠寶帶到這裏收藏，就會**波及媽媽**，令她犯上**收藏賊贓**的罪行。」

「可是，這只是你的推論，並無實質的證據啊。」狐格森並不同意。

「不，證據**早在眼前**，你還沒看到嗎？」

「早在眼前？甚麼意思？」一直不敢作聲的胖子局長緊張起來，慌忙問道。

「你也不知道嗎？是你自己親口說的呀。」福爾摩斯一頓，詳細解釋道，「在警察局時，你不是說過，桑茲的**兩個同黨**中，那

個**大個子**先行離開，更向路過的巡警開槍。那個**矮個子**則是在你們撞門時，才急急向桑茲開槍並跳窗逃走。這已足以證明，桑茲沒有把賊贓帶來這裏。」

孖寶幹探與胖子局長**面面相覷**，仍不明白大偵探的意思。

「哎呀，還不明白嗎？」福爾摩斯沒好氣地說，「如果**賊贓**在這裏的話，大個子早已把它搶走，拉着矮個子離開啦！他把矮個子留下來幹甚麼？」

「呀！我明白了！」李大猩**恍然大悟**。

「明白了？明白甚麼？」胖子局長仍一臉茫然。

「這麼簡單的道理也不明白嗎？」

李大猩罵道，「他把矮個子留下來，是要矮個子**監視**桑茲，自己則去尋找賊贓！要是沒找着，他就可以回來對付桑茲呀！」罵完，李大猩**不可一世**地哼哼鼻子，完全沒有察覺自己其實也只是**五十步笑百步**而已。

「這麼說的話，桑茲一定是因為母親的生命受到威脅，已供出了收藏賊贓的地點！」華生說。

「沒錯。」福爾摩斯往病房內的老太太**瞥**了一眼，壓低嗓子說，「所以，如果她聽到桑茲與大個子他們的**對話**，很可能也聽到那個**地點**在哪兒。」

「啊！」孖寶

幹探和胖子局長霎時都緊張起來了。

「**當務之急**，是要令老太太說出她聽到了甚麼。」福爾摩斯說。

「好！我立即去問她！」李大猩猛地轉過身去，想衝入病房內。

福爾摩斯見狀，慌忙把他拉住，說：「不可**輕舉妄動**！剛才沒看見嗎？她看着**昏迷不醒**的桑茲，只沉醉於過去的回憶之中，完全答非所問呀。」

「那怎麼辦？」李大猩急了。

「華生，是你出場的時候了。」福爾摩斯突然說。

「我？」華生愕然。

「對，你是醫生，常常接觸病人和病人家屬，最清楚如何與他們 說話 。所以，由你出馬是最適合的。」福爾摩斯說，「記住，不管你用甚麼方法，必須套取賊贓的 收藏地點 。」

「 明白了 。」華生用力地點點頭，深深地吸了一口氣後回到病房中。

「老太太，我叫華生，是倫敦來的醫生，讓我為令郎檢查一下 傷勢 吧。」說着，華生走到床邊，為桑茲把了脈，又診視了一下他面上的槍傷。

「醫生，他怎樣？他會醒過來嗎？」老太太混濁的眼神突然 聚焦 ，並熱切地看着華生。

「別擔心，他已沒有生命危險，就讓他睡

着，待他自己慢慢清醒吧。」華生安慰道。

「啊……是嗎……？」

「是啊。」華生臉帶微笑地說，「他很年輕，身體也強壯，一定會**康復**的。」

「是的……小傑的身體強壯，一定會康復的。」

「聽說他還很孝順，在**上個星期四**，特意為你**慶祝生日**呢。」

「是的……他很孝順。他是個廚師，來看我時，常常為我**做菜**。」

「是嗎？他做的菜，一定很好吃吧。」

「是的……他做的菜，很好吃。」

「那麼，他今天回家，也有為你做菜吧？」

「**今天**？今天……嗎？」老太太突然發出咻咻的呼吸聲，緊張地搖搖頭，「沒有，他今天沒

有。他⋯⋯帶了**兩個朋友**回來，沒有做菜。」

「啊？他沒請兩個朋友吃飯嗎？」華生問着，往門旁的福爾摩斯瞥了一眼。

「沒有⋯⋯」老太太的眼神中透出了**恐懼**，「我知道⋯⋯他們不是好人，小傑很害怕他們⋯⋯**他們不是好人**⋯⋯」

「他們不是令郎的朋友嗎？怎會不是好人呢？」

「我在廚房倒茶時聽到⋯⋯他們要小傑交代⋯⋯交代**那些東西**放在哪裏⋯⋯還恐嚇，不老實說的話，就會好好**招呼**我⋯⋯」

「這麼說來，他們真的**不是好人**，令郎不該與他們做朋友呢。」

「對，不要做朋友。」

「結果，令郎有**交代**嗎？」

「我不知道⋯⋯我在倒茶，聽不清楚。」

「啊⋯⋯」華生抬頭往門口看了看，和他一樣，門旁的福爾摩斯等人都流露出**失望的神色**。

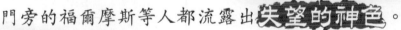

「**康乃馨**⋯⋯我聽小傑說⋯⋯**康乃馨**⋯⋯」

老太太呢喃似的說，

「不過，我不知道他為甚麼提起康乃馨。」

「**康乃馨**？」華生不明所以，再看了看

門旁的福爾摩斯，卻看到他瞪大了眼睛，彷彿已識破了**當中的含意**！

「我端茶到客廳時……那個大個子留下了矮個子，急急忙忙地下樓去了。後來……聽到了街上傳來槍聲……跟着，外面有人撞門，矮個子**目露兇光**……他大罵一聲後，就隨即向小傑開了一槍……嗚……小傑……小傑他就倒下來了！嗚……嗚……嗚……」老太太說到這裏，突然激動地哭起來了。

華生慌忙走過去把老太太**擁在懷裏**，安慰道：「明白了，明白了。老太太，你不要再說了。」

康乃馨之謎

待老太太的情緒平復下來後，福爾摩斯拉着眾人急急離開了醫院。

「怎麼了？不用再問了嗎？」狐格森問。

「不用了。」福爾摩斯說，「**老太太已說出那些賊贓藏在哪裏了。**」

「甚麼？」胖子局長驚訝地問，「她有說嗎？我沒聽到啊。」

「對！」李大猩說，「我也**全神貫注**地聽着，她只說出了案發的經過，連半個地名也沒說過，哪有說出賊贓藏在哪裏呢？」

「**康乃馨！**」福爾摩斯眼底閃過一下寒光，「她說，兒子與兩個朋友對話時，曾提及

康乃馨！」

「康乃馨？那是花的名字呀！我只知道這種花跟母親節有關，但跟收藏賊贓的地點又有何關係？」狐格森摸不着頭腦。

「你們去過基茨夫人的達頓莊園調查吧？

沒看到那兒的花園裏種滿了康乃馨嗎?」

「**啊……!**」華生感到全身

閃過一下戰慄,

「**我知道了!
是達頓莊園!那
個種滿了康乃馨
的達頓莊園!**」

「沒錯。」福爾摩斯向孖寶幹探瞅了一眼,
說,「桑茲偷了基茨夫人的珠寶後並沒有帶
走,只是把它們藏在**莊園的花園**之中。」

「太狡猾了!」李大猩恨得牙癢癢,「桑茲
這傢伙實在太狡猾了,竟把珠寶就地收藏,害
我們**東奔西走**,白忙一場!」

「不,我看他把珠寶就地收藏也不是本
意。」福爾摩斯說,「因為,他犯案後必須回

來賀壽，帶着賊贓可能會令母親受到牽連，於是只好**將計就計**，把贓物就地收藏了。」

「不管怎樣，抓賊人要緊。」狐格森說，「我馬上打電話給**總部**，叫他們派人去堵截那兩個賊人，順便起回贓物！」

「**萬萬不可！**」福爾摩斯連忙阻止，「打電話給蘇格蘭場總部，只會**打草驚蛇**，等於放生賊人！」

「甚麼意思？你以為蘇格蘭場是吃素的嗎？」狐格森生氣了，「他們一定會悄悄地埋伏，又怎會**打草驚蛇**？」

「**對！**他們會暗地裏埋伏，絕不會讓賊人逃脫！」李大猩也罕有地支持狐格森的看法。

福爾摩斯斜眼看着孖寶幹探，冷冷地問：「是嗎？你們蘇格蘭場真的這麼**厲害**嗎？那麼，桑茲的同黨怎會知道你們押送桑茲的時間和地點？甚至連你們藏身於運豬卡也知道得**一清二楚**？還有，你以為生性孝順的桑茲是傻的嗎？他會主動帶**心狠手辣**的同黨來母親家**登門**造訪嗎？」

孖寶幹探呆了一下，不約而同地驚呼：「啊！難道……？」

「沒錯，你們的總部有內鬼！」福爾摩斯眼底閃過一下寒光，「所以，你們押送桑茲的消息和他母親的所在，全都給桑茲的同黨知道了。」

「豈⋯⋯豈有此理！」李大猩氣得漲紅了臉，「沒想到，總部竟然有內鬼！」

「所以，我們必須保密，親自把那兩個賊人緝拿歸案！」

「可是，從這兒趕去基茨夫人的達頓莊園，起碼也要三個小時。」狐格森擔心地說，「到時，兩個賊人可能已把珠寶偷走了啊。」

「不必擔心，那些珠寶藏在莊園的花園之中，大白天眾目睽睽，賊人不會輕舉妄動。」福爾摩斯分析道，「而且，賊人不會料到我們已得悉收藏珠寶的地點，一定會等到天黑才出動。」

「明白了！」華生興奮地說，「我們只要在入黑之前趕回去埋伏，就可攻其無備，把他們手到擒來。」

「沒錯。」

「哼！我一定要抓住那個大個子，用盡放屁

的力回敬他一記重拳！」李大猩悻悻然地說。

「我也要抓住那個矮個子，以**洪荒之力**踹他一腳！」狐格森**咬牙切齒**地說。

可是，華生想了想，卻有點不安地說：「不過，那個矮個子開槍打中桑茲的頭，一定以為桑茲已死。這樣的話，他們未必會急於今晚動手。倘若如此，我們的埋伏豈不是**白費氣力**？」

「哼！有甚麼關係？」李大猩叫道，「為了拘捕他們，我埋伏10天也沒所謂！」

「對！埋伏到**天荒地老**也沒所謂呀！」狐格森也嚷道。

「不，華生說得有道理。」福爾摩斯說，「埋伏一晚尚可 暗中行事 ，但埋伏的時間長了，必會被莊園內外的人知道，一旦泄漏消息，只會把賊人嚇跑。」

「那怎麼辦？不能讓到了嘴邊的肉**甩掉**呀！」李大猩急了。

「嘿嘿嘿，不用擔心。」福爾摩斯狡黠地一笑，「你們忘了蘇格蘭場有內鬼嗎？我們可以好好利用呀。」

「你是指 利用內鬼 嗎？怎樣利用？」胖子局長訝異地問。

「很簡單，在3個小時後，即我們到達莊園時，你發一個 電報 通知蘇格蘭場總部，寫

上：『桑茲中槍昏迷，但無生命危險。』就行了。」

「為甚麼要這樣做？」狐格森問。

桑茲中槍昏迷，但無生命危險

「這樣的話，內鬼必會**通風報信**，叫賊人趕快行動。因為賊人知道萬一桑茲醒來，必會告訴警方珠寶所在，他們就會**見財化水**了。」

「有道理！」李大猩立即明白了，「他們為免**夜長夢多**，今晚一定會去莊園偷回珠寶。這麼一來，我們就可**手到擒來**了！」

「那麼……除了3個小時後發電報外，我還有甚麼要做？」胖子局長**戰戰兢兢**地問。

「還用問嗎？」孖寶幹探齊聲罵道，「你當然留在這裏，好好保護桑茲和他的媽媽啦！」

「可是……」

「別**吞吞吐吐**的，可是甚麼？」李大猩不耐煩地問。

「可是……如果桑茲醒來，我又該怎辦？要發**電報**通知你們嗎？」

「**傻瓜！**當然不可以啦！」孖寶幹探又齊聲罵道，「被內鬼知道的話，桑茲的同黨還會來嗎？」

「用**暗語**就行了。」福爾摩斯忽然吐出一句。

「**暗語?**甚麼暗語?」胖子局長問。

福爾摩斯沉思片刻後，隨即湊到胖子局長的**耳邊**，輕輕地說了些甚麼。

埋伏

福爾摩斯一行四人，去到**達頓莊園**時已近黃昏。

「嘩！有好多**康乃馨**的盆栽啊，我之前來查案時竟沒察覺呢！」狐格森驚歎。

「這也難怪，人就是這樣，自己不關心的東西，就算放在眼前也會**視若無睹**。」福爾摩斯說。

「真的嗎？」華生不太相信。

「不信？你可以問問自己呀。」福爾摩斯說，「在學醫之前，你不會留意人家的**臉色**吧？但進入醫學院後，就會常常留意了。」

「這麼說來，確實如此。」華生不得不承認，「據說中國的醫學理論中有所謂『**望聞問切**』，『**望**』對了解病人很重要。」

「哎呀，不要說那麼多廢話啦！」李大猩不耐煩地說，「我們**當務之急**是在賊人來之前找出珠寶呀。」

「對！珠寶一定藏在其中一盆花中，只要逐一**挖**開來看，就一定能找到。」狐格森說。

「**萬萬不可**。」福爾摩斯連忙制止，

「逐一挖的話一來花時間，二來會**打草驚蛇**，嚇得賊人不敢露面。」

「那麼怎辦？我們總得找回珠寶呀。」李大猩說。

「不必自己動手，**假手於人**就行了。」

「假手於人？」華生訝異。

「對。」福爾摩斯狡黠地一笑，「賊人從桑茲口中已得悉珠寶所在，待他們找到珠寶後，我們才——」

「**哈！**我明白了！」李大猩高興得跳起來搶道，「到時我們才撲出來拘捕他們，**不費吹灰之力**就能找回贓物了！」

「正是。」

87

「好計！」狐格森看了看花圃後的幾株大樹，「那麼，我們到樹叢後躲起來，等他們**自動獻身**吧！」

「為免驚動他人，我去跟基茨夫人通報一聲。」說着，福爾摩斯就悄悄地繞到大宅後面去了。

不一刻，他又**不動聲色**地走了回來，並悄聲道：「我已叫夫人在晚上支開園丁等傭人，待賊人來到後，就來個**甕中捉鱉**。她雖然有點擔心，但也馬上答允了。」

「太好了！」李大猩和狐格森都興奮得**磨拳擦掌**。

夜幕低垂，福爾摩斯四人已躲在莊園前院的樹叢後面，**屏息靜氣**地等候賊人的到來。可是，周圍靜悄悄的，一點動靜也沒有。

「已是**深夜11點**了，他們怎麼還沒來啊？」華生按捺不住，壓低嗓子問。

「對，已埋伏了幾個小時，不要說賊人的蹤影，連一個**屁**也沒響。」李大猩也焦急地說，「我不能再**忍**了！」

「甚麼不能再**忍**？」狐格森怪責道，「抓大賊得有點耐性呀。」

「哎呀，就算我有耐性，但我的**屁股**沒有耐性呀。」李大猩懊惱地說。

「甚麼？屁股沒有耐性？」狐格森揶揄，「難道蹲在這裏，蹲得屁股也痛了？要不要我搬一把椅子來給**猩大爺**坐坐？」

「傻瓜，我不是屁股痛呀。」李大猩低聲罵道，「我只是一直忍着**屎**不放，快要忍不住了呀。」

「**噓！**」突然，福爾摩斯輕叫一聲，「有動靜！」

「啊！」三人慌忙閉上嘴巴，豎起耳朵細聽。

果然，不遠處傳來了**躡手躡腳**的腳步聲。

福爾摩斯伸高頭偷看了一眼，然後輕輕地

舉起手，伸出了**兩根指頭**，無聲地說：「兩個人。」接著，他又用手勢比劃了一

下，示意來了一個**大個子**和一個**矮個子**。

　　李大猩興奮得兩眼發光，用力地擦了擦鐵錘般的拳頭，準備隨時出擊。

　　狐格森則慌忙揉了揉蹲得有點麻痺的小腿，再摸了摸腰間的手槍。

　　「應該是這裏了。」一個**帶着鄉音的聲音**響起。

　　「對，桑茲那傢伙說背着大門往**左**數，數到**第10個花盆**就是了。」一個**沙啞的聲音**應道。

　　「往**左**數？」鄉下腔有點猶豫，「不是往右數嗎？」

「往**右**數？」沙啞聲想了想，再説，「不，我肯定是往**左**數。」

「真的嗎？怎麼我記得是往右數。」

李大猩和狐格森在樹叢後聽着兩個賊人**左左右右**的爭論，氣得幾乎反白眼。華生知道，孖寶幹探心中一定在大罵：「傻瓜！左右也分不清楚，你們還算是大賊嗎？」

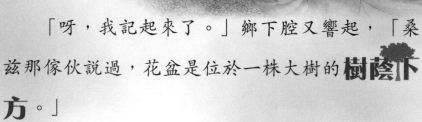

「呀，我記起來了。」鄉下腔又響起，「桑茲那傢伙説過，花盆是位於一株大樹的**樹蔭下方**。」

「樹蔭的下方？那不就是**左邊**嗎？」沙

啞的聲音說，「快，我們往左數吧！」

「1⋯⋯2⋯⋯3⋯⋯4⋯⋯5⋯⋯6⋯⋯7⋯⋯
8⋯⋯9⋯⋯10！」沙啞聲有點興奮地說，「是
這一盆了！」

李大猩聞言，作
勢就要衝出去。
但福爾摩斯慌忙
把他擋住，並
用手勢**比比**
劃劃，無聲
地示意：「等
等！待他們找到珠寶後，才進行拘捕吧。」

李大猩雖然急得如**熱鍋上的螞蟻**，但也
只好縮回來**靜觀其變**。

這時，一陣**窸窸窣窣**的挖泥聲傳來，不

用説，兩個賊人已在挖那個花盆了。

挖了一會，鄉下腔驚訝地説：「咦？怎麼沒有的？」

「不會吧？會不會混在**泥巴**裏，再摸清楚。」沙啞聲催促。

「哎呀，已全摸清楚了，真的沒有啊。」

「唔……」沙啞聲遲疑了片刻，「難道我們搞錯了，其實是向**右**數？」

「不會啦。」鄉下腔説，「向右數的話，第10個花盆只會面向**空曠的前院**，又怎會在樹蔭下方啊？」

「那麼，可能我們數得不對。」沙啞聲説，「你挖第9個，我挖第11個看看。」

接著，又一陣**窸窸窣窣**聲響起。

不一刻，鄉下腔失望地説：「第9個也沒有

啊，你那個怎樣？」

「**沒有**……怎麼沒有的？我這個也沒有。」沙啞聲焦急了。

「那怎麼辦？」

「**豈有此理！**」沙啞聲低聲罵道，「一定是桑茲欺騙我們，珠寶根本就不在**花盆**裏！我不會放過他！」

「對，不能放過他！沒想到腦袋吃了我一槍居然也沒死去，真是個**命硬**的傢伙！」鄉下腔說，「我一定要回去補他一槍，**再送他一程**！」

聞言，福爾摩斯、李大猩和狐格森都瞪大了眼睛，萬分緊張地互望了一下。

華生初時**不明所以**，但再細心一想，迅即明白了！

他心中驚叫：「**內鬼**！果然如福爾摩斯所料，蘇格蘭場內有內鬼！否則，賊人又怎知道桑茲未死！」

就在這時，突然「**哚**」的一聲響起。

哚!!

「唔？」沙啞聲馬上警覺起來，「甚麼聲音？你**放屁**嗎？」

「我沒有呀。不是你放的嗎？」

「我？我也沒有呀。」

「那麼……難道……？」

「**哇哈哈！**」李大猩猛地從樹叢後面撲出，並大喝一聲，「傻瓜！是本大爺放的**香屁**呀！還聞不出來嗎？」

兩個賊人仍未來得及反應，一個**鐵拳**已殺至，「嘭」的一聲，硬生生地打在大個子的下巴上。他慘叫一聲，就倒下了。

矮個子慌忙拔腿就逃，但同一剎那，狐格森的**鐵腿**一伸，正中那黑影的腹部，又是一下慘叫響起，黑影應聲倒地。

孖寶幹探**一擁而上**，「砰砰嘭嘭」地亂揍了一會兒，未待福爾摩

斯出手，他們已把兩個賊人壓在地上，叫他們**動彈不得**了。

福爾摩斯和華生定睛一看，果然，眼下的正是在火車上擄走桑茲的**大個子**和**矮個子**。

在李大猩的嚴詞審問下，知道嗓子沙啞的大個

子名叫**霍克**，滿口鄉音的矮個子叫**泰勒**，都是爆竊集團的慣犯。

福爾摩斯再搜了一下那3個被挖開的花盆，除了有點濕潤的**泥巴**之外，甚麼也沒有。孖寶幹探只好召來巡警守住前院，待福爾摩斯向基茨夫人通報一聲後，再把兩個傻賊押往警察局，等待天亮再來作個**地毯式搜查**。

消失了的珠寶

　　翌晨，四人又回到了達頓莊園的前院。這時，太陽已從大宅後的**東邊**升起，樓房的陰影剛好落在**花圃**上，給四周帶來了一點清涼之氣。

　　「現在怎辦？從哪兒開始找？」狐格森率先問道。

　　「根據兩個賊人說，桑茲把珠寶藏在**樹蔭下方的花盆**中。」福爾摩斯道，「他們已挖了3個，我們在那3個的左右兩邊，再各多挖幾個看看吧。」

　　「好！就這麼辦！」李大猩**坐言起行**，挑了一個花盆馬上挖起來。

福爾摩斯三人不敢怠慢，也動手挖起來。

半個小時後，他們把樹蔭下方的花盆全挖開了，卻仍然 一無所獲 。

「太奇怪了，怎會沒有的？難道桑茲真的向兩個同黨 說謊 ？」狐格森摸不着頭腦。

「不會吧？」華生説，「他一定知道説謊的 後果 啊。」

「對，為了母親的安全着想，他應該不敢説謊的。」福爾摩斯説。

「 豈有此理 ！」李大猩懊惱地叫道，「那麼，我就把這裏的所有花盆挖個 天翻地覆 ，

找不到珠寶**誓不罷休**！」

「稍安毋躁！」福爾摩斯連忙勸止，「基茨夫人是愛花之人，這樣亂挖又找不到珠寶的話，她一定會**大興問罪之師**啊。」

「哎呀，找不到珠寶的話，我們的局長也會大興問罪之師啊！」

福爾摩斯想了想，說：「這樣吧，與其胡亂地挖，不如由我逐盆檢視，看看泥土有沒有被**翻動過的痕跡**。有的話，就挖開那一個來看看吧。」

「這是個好提議。」華生贊成。

「好吧！好吧！」李大猩說，「別耽誤時間了，**快檢視吧**！」

福爾摩斯點點頭，然後繞着花圃緩緩地踱着步走了個圈，把所有康乃馨的盆栽都仔細地檢視了一遍。

「怎樣？有發現嗎？」狐格森急不及待地問。

「非常可惜，沒有一個花盆的泥土有被翻動過的痕跡。」福爾摩斯搖搖頭。

「啊⋯⋯」聞言，孖寶幹探和華生都不禁大失所望。

「不過——」福爾摩斯摸了摸下巴。

「不過？」李大猩緊張地問，「不過甚麼？」

「不過，我卻發現一個奇怪的現象。」

「甚麼現象？」華生問。

「你們看看那邊。」福爾摩斯指着大宅説，

「那棟樓房背向**東面**，太陽升起時，樓房把太

陽光遮蓋了，它的**陰影**就像現在這樣，剛好落

在花圃上。不過，當太陽再升高一點，**陽光**就

會越過樓房，照到花圃的盆栽上了。」

「那又怎樣？」狐格森問。

「太陽升高直至日落，在花園上面向**東面**、**北面**和**西面**的盆栽都能在大部分時間內享受日光

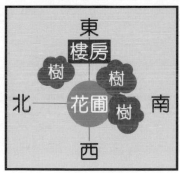

浴。」福爾摩斯答道，「不過，面向**南面**的盆栽長時間被樹蔭**遮蓋**，能享受日光浴的時間就短得多了。」

「那又怎樣啊？」李大猩不耐煩地問，「你究竟想說甚麼呀？」

「我想說的是——」福爾摩斯一頓，指着**面向東面的那一排盆栽**說，「為何能充分享受日光浴的花朵顯得有點兒**萎靡不振**，

而面向南面的、長時間被樹蔭遮蓋的花朵反而長得更鮮艷奪目呢？」

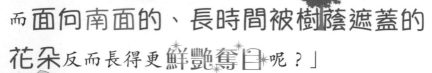

「啊？你的意思是──」狐格森赫然一驚，「有人曾經調換了盆栽的位置？現在向南的盆栽，本來是放在向東的位置上的？」

「沒錯！」福爾摩斯眼底閃過一下寒光。

「甚麼？」李大猩大為驚訝，「難道螳螂捕蟬，黃雀在後？在兩個賊人來挖珠寶之前，有人把盆栽調換了？」

「不會吧？」華生質疑，「倘若早已知道哪個盆栽中有珠寶，直接挖走不就行了，何必多此一舉把花盆調來調去？」

「對，何必多此一舉？」狐格森附和。

　　李大猩摸摸腮子想了想，但隨即眼前一亮，猛地抬起頭來說：「我明白了！光天化日之下挖花盆會引起懷疑，但又怕被其他人**捷足先登**，所以有人先把盆栽的位置調亂，待**風聲過後**才來挖走珠寶！」

　　「哎呀，你剛才沒聽清楚我說嗎？」福爾摩斯沒好氣地說，「我指的是，向南的盆栽與向東的盆栽**全部互換了位置**，並不是其中一盆被調換了啊。」

　　「甚麼？全部互換了位置？究竟為甚麼啊？」李大猩拚命搔頭，也想不出一個道理來。

　　就在這時，一個**瘦園丁**從樹叢後走了出

來，說：「你們的討論我都聽到了，其實原因很簡單啊。為了讓**面向南面**的、在樹蔭下的盆栽生長得健康一點，我們會定期**調換**一下位置，讓它們多曬曬太陽啊！」

「**啊！**」聞言，四人終於恍然大悟。

「那麼，你們最近在哪一天把面向南面的盆栽調換了？」福爾摩斯連忙問。

「上個星期五。」瘦園丁想也不想就說，「除了下雨天外，每兩個星期調換盆栽一次，上一次是在**上個星期五**。」

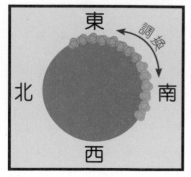

「啊！這麼說的話，上個星期五**向南**的盆栽，已被搬到**向東**的位置上了？」李大猩緊張地問。

「是啊。」

「哇！太好了！」李大猩大喜，「桑兹埋藏的珠寶，一定就在**向東**的——」

他話未說完，已跑到向東的盆栽前蹲下，拼命地**挖**起來。狐格森見狀，惟恐功勞被搶去似的，也慌忙奔過去，奪了個盆栽就挖。剎那間，**沙泥四濺**，兩人的四周揚起了陣陣**塵煙**，看得福爾摩斯和華生傻了眼。

不一刻，向東的盆栽已被挖個清光，可惜的是，不要說珠寶，就連一顆像樣的**石卵**也沒找到。

「哎呀，累死我啦！珠寶往哪去了啊？」李大猩和狐格森**滿頭大汗**地坐在地上，哭喪似的叫問。

「對，珠寶往哪去了？」華生也詫異萬分。

「**唔**……」福爾摩斯沉吟，「難道……桑茲為了保住偷來的珠寶，真的不顧母親安危，向那兩個兇惡的同黨撒了謊？」

「太可惡了……」華生憤怒地說，「我還以為他是個孝順的兒子，沒想到**財迷心竅**，連媽媽的性命也不顧！」

「可是，他就連自己的性命也不顧嗎？」福爾摩斯仍不明白，「大個子霍克找不到珠寶後，一定會折回去他母親家，找他**算賬**呀！」

「**電報！**拉科特鎮警察局發來的電報！」

一個巡警舉着手上的電報匆匆忙忙地趕至。

「給我！」李大猩一手奪過電報來看。

「上面寫了甚麼？」狐格森問。

「wither。」

「wither？甚麼意思？」

「不好了！那是我與胖子局長約好的暗語。」福爾摩斯難過地說，「bloom*代表甦醒，反之，wither**代表危殆。」

「啊……難道……桑茲病情急轉直下，病情已由嚴重變成危殆？」華生擔心地說。

＊bloom：意為「開花」。＊＊wither：意為「枯萎」。

「哎呀，這下可慘了。如果他死去的話，連惟一的線索也會**斷掉**，珠寶就無法找回來啦！」李大猩苦着臉說。

「這樣吧！」福爾摩斯提議，「我和華生趕回去**醫院**，看看有沒有辦法搶救桑茲。你們在這裏再仔細地搜一搜，看看能否把珠寶找出來吧。」

「也好！你們去吧！」李大猩和狐格森同聲贊成。

福爾摩斯**二話不說**立即轉身就走，華生也連忙追上。然而，當他往旁瞥了一眼的那一瞬

間，不禁打了個**寒顫**！因為，他看到福爾摩斯的嘴角竟閃過一下**狡點的冷笑**！

狡兔三窟

登上了前往拉科特鎮的火車後，華生忍不住責難：「福爾摩斯，你是否太過**冷血**？看到電報後還暗地裏冷笑？難道你認為桑茲陷入危殆是**罪有應得**？」

「甚麼？我有冷笑嗎？」福爾摩斯故作驚訝，「我還以為自己發出的是**會心微笑**呢。」

「會心微笑？人家病情危殆，你還能會心微笑？」

「哈哈哈！你怎麼跟李大猩他們一樣**笨**啊！」福爾摩斯大笑，「為了防止蘇格蘭場的**內鬼**截取情報，你也知道胖子局長發來的是暗語呀。他所謂的『**wither**』(危殆)當然是**反話**啦。」

「反話？」華生大吃一驚，「難道……真正意思是『*bloom*』，即是桑茲甦醒了？」

福爾摩斯狡黠地一笑：「沒錯，他已甦醒了。所以，我看到那個暗語，怎能不發出**會心微笑**啊！」

「啊……」華生呆了半晌，才懂得問，「可是，你為何連李大猩他們也騙了？」

「嘿嘿嘿……」福爾摩斯**煞有介事**地湊到華生的耳邊

說，「基茨夫人不是說過，找到珠寶後酬金加倍嗎？我怎可以讓那對孖寶笨探**捷足先登**，搶去已掛在嘴邊的肥肉啊！」

「甚麼？」華生不禁**啞然**。

幾個小時後，兩人趕到拉科特鎮的醫院，懷着興奮的心情走進了桑茲的病房。坐在病床旁邊的老太太神情已放鬆了很多，看來已**放下心頭大石**。

「啊……福爾摩斯先生，你終於來了……」桑茲看到我們的大偵探，倦容滿面地說。

「『**終於來了**』？」福爾摩斯不禁訝異，「難道你知道我會來？是那個胖子局長告訴你的嗎？」

「嘿嘿嘿……」桑茲*有氣無力*地笑道，

「與胖子局長無關，是那個**惡棍警探**李大猩說的。他在『豬卡』揍了我一頓後，提過你的名字。」

「提過我的名字？為甚麼？」

「他說你在頭等卡喝紅酒，他卻要坐『豬卡』。他的搭檔還說，你們一定是邊喝紅酒邊講他們的**壞話**呢。」

「是嗎？他們竟這樣說？」福爾摩斯看了看華生，**忍俊不禁**地笑了一下。

「我被擄上馬車時，透過 後窗 看到你追來。當時就知道，你一定會追蹤到來，把我**救**出來的。」

「啊？你竟然對我那麼有信心？」

「嘿，你是**享負盛名**的大偵探，有你在，我當然有信心。但沒想到泰勒那麼**心狠手辣**，還未找到珠寶就要殺人滅口。」

「他可能只是**狗急跳牆**，亂了方寸罷了。」福爾摩斯把話鋒一轉，馬上切入正題，「對了，我們抓到霍克和泰勒了，也知道園丁**調換**過盆栽的位置，但仍無法找到珠寶。究竟你把珠寶**藏**在哪裏？」

「珠寶嗎？」桑茲看了看母親，冷冷地一笑，「*嘿嘿嘿，我怎知道？我根本沒偷過珠寶啊。*」

「甚麼？」福爾摩斯和華生都大感意外。

福爾摩斯想了想，又以懷疑的語氣問：「如果你沒偷走珠寶，霍克和泰勒又為何緊咬着你

不放？」

「他們知道我在大户人家打工，就走來**脅迫**我，我⋯⋯我能不答允嗎？」桑兹説着，挪動了一下脖子，滿懷深情地看着母親説，「可是⋯⋯那天是家母的**壽辰**啊⋯⋯！我怎可以在她**生日的大日子**幹犯法的事？」

聞言，老太太激動地捉住了桑兹的手，喃喃地説：「對，小傑是個孝順的**好孩子**，他⋯⋯他不會犯法的。在我壽辰的日子⋯⋯他是不會犯法的⋯⋯不會犯法的⋯⋯」

「但是，你不是欺騙霍克他們，説珠寶藏在**康乃馨**的

盆栽裏嗎?」福爾摩斯追問到底。

「那只是**緩兵之計**啊!我不那樣撒個謊、編個故事,霍克他們會暫時放過我和家母嗎?」

「不太可能吧?你詭稱把珠寶藏在樹蔭下的盆栽中,而園丁在第二天就把盆栽調換了?哪會這麼巧合?看來一切都是**經過計算**的啊。」

「嘿嘿嘿,果然是倫敦**首屈一指**的大偵探。」桑茲狡黠地一笑,「你說得對,那確實是經過**精心計算**的。」

「你為何要那樣做呢?」

「偵探先生,你聽過**狡兔三窟**的故事吧?」

「聽過,那又怎樣?」

「我們做賊的,為了應對意料之外的情況,

至少會預備好兩三套**應變的**啊。」桑茲乾咳一聲，繼續說，「首先，我向霍克說出收藏珠寶的地點，他一定會命泰勒看管我，自己則親身去找。這麼一來，我就可**拖延半天時間**，等候你和警察來營救了。這是狡兔為求脫身的**第一個窟**。」

「原來如此。那麼，第二個窟呢？」

「但世事難料，你和警察可能在霍克折返前也未能趕來營救呀。在這個情況下，我就可以拿出**第二套說詞**，指忘了園丁為讓樹蔭下的盆栽曬曬太陽，會在星期五把它們調換位置。霍克聽了，雖然會**半信半疑**，但一定會折返莊園再找。這麼一來，就可再**多拖半天**等待營

救了。這就是為脫身預備的**第二個窟**。」

「第三個窟呢？那究竟是甚麼？」華生緊張地插嘴問。

「這個嘛⋯⋯」桑茲看了看母親後閉上眼睛，**答非所問**地說，「事發當天是媽媽的生日啊，哥哥和妹妹為了**巴結有錢人**，有空出席人家的生日派對也不來賀壽，但我不能不來啊⋯⋯」

「出席**人家的生日派對**也不來賀壽？甚麼意思？」福爾摩斯感到疑惑。

「我好睏⋯⋯讓我睡一下吧⋯⋯」語畢，桑茲就閉上了嘴，一句話也不肯多說了。

珠寶在哪裏？狡兔的**第三個窟**又是甚麼呢？

福爾摩斯和華生只好抱着這兩個疑問，失望地離開了醫院。

過了一個星期，兩人收到基茨夫人的**電報**，說珠寶根本就沒有離開過莊園，它們只是靜靜地躺在她**女兒的首飾盒**裏而已！

更令他們感到意外的是，出席基茨夫人生日派對的賓客中，竟然有一個人也姓**桑茲**，他的名字叫**彼得**，是桑茲的哥哥。追查下，

警方又發現桑茲的妹妹**琳達**也是賓客之一。原來，桑茲的哥哥和妹妹都是基茨夫人的朋友！

「**我明白了！**」福爾摩斯丟下手中的煙斗喊道。

「明白甚麼？」華生被嚇了一跳。

「桑茲這隻狡兔的**第三個窟**！」福爾摩

斯興奮地說，「記得桑茲的媽媽說過嗎？去年她**60歲生日**時，彼得和琳達都沒有來為她祝壽，反而離家10年的桑茲突然出現，還親自為她做了個**生日晚餐**。」

「那又怎樣？」

「你忘記了嗎？桑茲滿懷怨恨地說過，他的哥哥和妹妹為了出席**人家的生日派對**也不來為媽媽賀壽。那個所謂『**人家**』，一定是指**基茨夫人**。」

「可是，他怎會知道哥哥和妹妹沒有去為媽媽賀壽的原因呢？」

「還用問嗎？他在去年得悉哥哥和妹妹沒來賀壽後，一定暗中調查過他們**爽約的原因**。所以，他混進夫人家中當廚工伺機報復。等了一年，當知道他們今年也不會來為媽媽賀壽後，就**假裝偷走珠寶**，破壞夫人的生日派對，令他們**敗興而返**！」

「啊……」

「不過，**人算不如天算**，爆竊團夥的同黨卻藉此機會，脅迫他要真的把珠寶偷走。他只好假意答允，但行事後又故意**暴露行蹤**，讓警方把他拘捕，但死也不肯透露珠寶的去向。因為，他知道不消幾天，夫人的女兒一定會發現珠寶。到時，珠寶**失而復得**，警方也只好放人。」

「好厲害的傢伙！」華生想了想，佩服地說，「他一定也料到，當警方找回珠寶後，同

黨對他亦**無可奈何**。因為他確實偷了珠寶，只是未能及時拿走而已。」

「對！這麼一來，他既可破壞夫人的派對，向哥哥和妹妹發出一個警告，二來可化解同黨的脅迫，最後更可**全身而退**！」說到這裏，福爾摩斯凌厲的目光一閃，伸出三根手指說，「**這——就是可讓他脫身的第三個窟！**」

「但狡兔也會遇上難以預計的意外，他這次**大難不死**，已算萬幸了。可惜的是，最終仍無法揪出蘇格蘭場的**內鬼**，留下了隱患。」

「這確是**美中不足**之處，但霍克和泰勒犯了搶犯、非法禁錮、企圖盜竊和殺人未遂罪，相信要嚐嚐好幾年的**鐵窗生活**。這麼一來，桑茲就可以擺脫他們，重新做個好人了。」

　　「是的，他今後除了每年可以為母親做一頓生日大餐外，還可以送上一束**康乃馨**，紀念一下這一宗令人難以忘懷的**康乃馨奇案**呢！」華生開懷地笑道。

科學小知識

【光合作用】

光合作用（photosynthesis）必須有以下三種東西才可進行：

①水　　②二氧化碳　　③光

當綠色植物吸收了水和空氣中的二氧化碳，在光（如陽光）的照射下，植物中的葉綠素就會把三者轉化成碳水化合物（如葡萄糖），並生成氧氣排到空氣中。這個由光能（light energy）轉換成化學能（chemical energy）的過程，就叫光合作用。

所以，就算有充足的水和二氧化碳，倘若陽光不足的話，植物的光合作用也會做得不好，其外觀就會顯得有點萎靡不振了。

為了生存，很多植物都會主動爭取陽光的照射，向日葵的花朵會跟着太陽的方向旋轉就是著名的例子。就算弱小如種在窗邊的日本豆苗，為了爭取日照，也會扭動腰桿子，拚命地向窗戶的方向伸過去呢！

本集故事中，福爾摩斯就是因為懂得這個原理，才能發現康乃馨的盆栽被調換過位置啊！

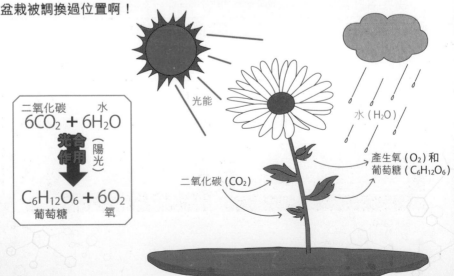

光能

水（H_2O）

產生氧（O_2）和
葡萄糖（$C_6H_{12}O_6$）

二氧化碳（CO_2）

二氧化碳　　水
$$6CO_2 + 6H_2O$$

光合作用（陽光）

$$C_6H_{12}O_6 + 6O_2$$
葡萄糖　　氧

福爾摩斯科學小實驗
追着太陽的豆苗！

「科學小知識」中提到日本豆苗會追蹤陽光呢。

是啊！不如就用日本豆苗來做一個實驗吧。

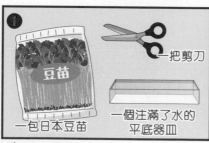

把剪刀

豆苗

一包日本豆苗

一個注滿了水的平底器皿

請先準備以上物品。

剪去日本豆苗上方的莖葉做菜。

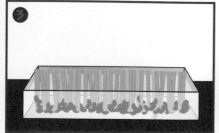

把餘下的根部泡於水中。

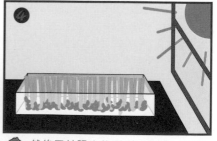

然後置於陽光能曬到的窗邊，觀察其生長時的變化。

⑤

一個星期後！

日本豆苗成長時，會往陽光照來
的方向伸延，形成「彎腰」狀。

好神奇呀！

把成長後的日本豆苗剪下
來後，再次將其根部置於
水中，它的莖葉又會長出
來啊！所以，這個實驗可
以重複玩幾次呢！

科學
解謎

植物追蹤陽光是為了更好地進行光合作用*，而在光合作用的過程
中，植物會吸收二氧化碳，改善空氣的污染。所以，光合作用在控制碳
排放（溫室氣體排放）上起着非常重要的作用。

有趣的是，碳排放還可以在碳排放權交易市場上買賣，辦法是由監管機構定出
企業每年的碳排放量，如果配額用不完，就可以出售賺錢。

如A企業每年碳排放量的配額是10萬噸，但因改善生產方法而排少了2萬噸，那
麼，A企業就可把這多出的2萬噸在交易市場上出售了。

反之，如A企業的碳排放量超出了配額，就要在交易市場上花錢買了。所以，
這個機制可令企業更積極地去減少碳排放呢！

*請參考本集「科學小知識」的解說。

大偵探福爾摩斯
康乃馨奇案 ⑫

小說&監製／厲河
（本故事部分情節出自F·W·克勞夫茲的《East Wind》，但故事已完全不同。）

繪畫／鄭江輝（線稿）、陳秉坤（草圖）
着色／陳沃龍、徐國聲、麥國龍　科學插圖／麥國龍
封面設計／陳沃龍　內文設計／麥國龍
編輯／盧冠麟、郭天寶

出版
匯識教育有限公司
香港柴灣祥利街9號祥利工業大廈2樓A室

承印
天虹印刷有限公司
香港九龍新蒲崗大有街26-28號3-4樓

發行
同德書報有限公司
九龍官塘大業街34號楊耀松（第五）工業大廈地下
電話：(852)3551 3388　傳真：(852)3551 3300

第一次印刷發行
Text : ©Lui Hok Cheung
© 2023 Rightman Publishing Ltd. All rights reserved.

2023年5月
翻印必究

想看《大偵探福爾摩斯》的
最新消息或發表你的意見，
請登入以下facebook專頁網址。
www.facebook.com/great.holmes

購買圖書

ISBN:978-988-76231-8-2
港幣定價 HK$68
台幣定價 NT$340

若發現本書缺頁或破損，
請致電25158787與本社聯絡。

網上選購方便快捷　　購滿$100郵費全免
詳情請登網址 www.rightman.net